Fragen,

Marc Fischer

Fragen,
die wir
unseren Eltern
stellen
sollten
(solange
sie noch
da sind)

Eichborn

1. Auflage 2010

Umschlaggestaltung: Walter Schönauer
Lektorat: Karsten Kredel
Druck und Bindung: CPI – Clausen & Bosse, Leck
ISBN 978-3-8218-6126-5

MIX
Papier aus verantwortungsvollen Quellen
FSC® C083411

Eichborn Verlag, Kaiserstraße 66, 60329 Frankfurt am Main
Mehr Informationen zu Büchern und Hörbüchern aus dem Eichborn Verlag finden Sie unter
www.eichborn.de

Für Jana.
Und Walter, den alten Hund.

»Niemand lernt jemals jemanden kennen.«

Tennessee Williams

»I'd like to get to know you.«

Spanky & Our Gang

Ein Erdbeben
verschluckt euer Haus.
Nichts bleibt übrig.
Wo fangt ihr neu an?

Habt ihr je die Flucht
aus eurer Existenz geplant?

Belastet oder befreit euch
euer Besitz?

Warum hatten wir nie einen Hund?

Was war mit mir
nicht möglich?

Was seht ihr, wenn ihr mich anseht?
Euch?
Mich?
Uns?
Jemanden von früher?

Habt ihr mal ausgerechnet,
was ich euch gekostet habe?

Welche Krankheit
macht euch am meisten Angst?

Welche Bilder kommen sofort,
wenn ihr an eure Kindheit denkt?

Ab wann kann man
der Liebe trauen?

Ist sie fest,
flüssig oder gasförmig?

Warum ist Vater »der Mann«, Mutter?

Was ist Mutters dunkle Seite, Vater?

Betet ihr noch?

Habt ihr mal an die Revolution geglaubt?

Gibt es den Himmel, Mutter?

Und die gottverdammte Hölle?

Kanntet ihr mal einen richtig schlimmen Nazi?

Was waren die schlimmsten
Verletzungen, die ihr im Streit
versucht habt,
dem anderen zuzufügen?

Habt ihr fürs Alter genug gespart
oder werde ich euch
durchfüttern müssen?

Warum geht ihr kaum noch ins Kino?

Sartre, Camus oder doch Johannes Mario Simmel?

Beatles, Stones oder doch die Beach Boys?

Hör weg, Mutter:
Warst du mal bei einer Hure,
Vater?

Hör weg, Vater:
Gab's mal einen Mann,
für den du Vater fast verlassen
hättest, Mutter?

Wie sehr beunruhigt euch
die Tatsache, dass ich noch
keine Kinder habe?

Wenn ihr euch zuhause umschaut –
denkt ihr dann:
Das sind wir,
das haben wir uns aufgebaut?

Habt ihr eher zu viel oder
zu wenig zusammen ferngesehen?

Träumt ihr manchmal von Amerika?

Gibt es einen Typen von der RAF,
den ihr sympathisch fandet?

Welche Drogen waren gut, Vater?

Warum bist du stiller als Vater,
Mutter?

Wohin würdest du gern mal
alleine reisen?

Was an mir ist euch völlig fremd?

Werdet ihr über den Tod hinaus
beleidigt sein,
wenn ich das Haus verkaufe?

Bei welchem deiner Kollegen
hättest du schwul werden können,
Vater?

Auch, wenn du inzwischen
nicht mehr rauchst – je überlegt,
wieder anzufangen,
um nach dem Zigarettenholen nach
Venezuela abzuhauen?

Erwartet ihr noch etwas von mir,
was ich euch bislang
nicht gezeigt habe?
Dank?
Demut?
Gnade?
Erfolg?
Reichtum?
Eine Entschuldigung?

Wann muss man sich trennen?

Habt ihr gemerkt, dass ich euch mal
beim Sex beobachtet habe?

Was ist der beste Ort der Welt?
Was der schlimmste?

Hast du dich mal so geprügelt,
dass du Angst um deine Augen
hattest, Vater?

Was liebst du so an Schiffen?

Vor welcher Antwort
fürchtest du dich so,
dass du Vater nie gefragt hast,
Mutter?

Du, Vater?

Nehmen wir an,
ihr wärt nicht meine Eltern und
wir hätten uns in einer Bar
kennen gelernt.
Wären wir Freunde geworden?

Welche Verletzung ist bis heute
nicht verheilt?

Was gehört nur dir, Mutter?

In welcher Band wärst du gern mal
Mitglied gewesen,
Vater?

Warum trinkt ihr so viel / so wenig?

Wovor ekelt ihr euch?

Wie hat der Massenmord
an den Juden
euer Leben beeinflusst?

Wo auf der Welt
wart ihr am glücklichsten?

Entschuldigung,
aber sagt ihr »ficken«,
»miteinander schlafen« oder
»Liebe machen«,
wenn ihr zusammen ins Bett geht?

Redet ihr beim Sex?

Warst du mit deinem Gehalt
zufrieden, Vater?

Wer sind eure Lieblingshelden
in der Literatur?

Wer hat dich am meisten enttäuscht, Mutter?

Worüber habt ihr entschieden,
nie wieder zu sprechen?

Hofft ihr manchmal noch auf den Sozialismus?

Fühltet ihr euch von den Hippies bedroht?

Welche Vorstellung lässt dich
vor Furcht erstarren?

Wie viel Bargeld könntet ihr
innerhalb von zwei Tagen
mobilisieren
(für den Fall, dass ich morgen
entführt werde oder so)?

Wie hat sich mein Gesicht
im Lauf der Jahre verändert?

Wie traurig macht euch das?

Bei wem seid ihr euch einig,
dass er wirklich ein Arschloch ist?

Wofür dankt ihr Rudolf Augstein?

Wird die Welt lauter oder leiser
mit den Jahren?

Wer von euch darf auf keinen Fall
zuerst sterben?

Wann war mal nur Einsamkeit
in der Zweisamkeit?

War es gleich Liebe?

Wer war dein bester Freund
mit sechzehn, Vater,
und wo ist er heute?

Der erste Eindruck,
den du von Vater hattest,
Mutter?

Wurde euer Leben
interessanter oder langweiliger
nach meiner Geburt?

Was kann ein Kind ersetzen?

Was ist das Schlimmste,
das ich euch angetan habe?

Ist alles eine Komödie,
eine Tragödie oder ein Film
mit Dustin Hoffman?

Wer ist der Stärkere
von euch beiden?

Wo kommt das her, Stärke?

Wer bist du,
wenn niemand hinschaut,
Mutter?

Mit wem ist noch eine Rechnung
offen, Vater?

Neues Auto,
neue Küche, neue Couch –
sind das Dinge,
die eine Ehe erfrischen können?

Ist der Sex zu retten oder muss man sich belügen?

Wofür würdet ihr töten?

Und sterben?

Habe ich irgendwo noch
Brüder/Schwestern, von denen ich
keine Ahnung habe?

Weißt du noch, dass du mich mal geschlagen hast, Vater?

Wer war die schönste Frau,
als du ein Mädchen warst, Mutter?

Wen in deiner Klasse
hast du beneidet, geliebt, gehasst?

Wann habt ihr euch
finanziell mal sehr geirrt?

Das teuerste Essen,
das ihr je bestellt habt?

Hattest du mal Sex mit einer Frau,
Mutter?

Hast du mal ein Leben zerstört,
Vater?

Wen liebtest du vor Vater,
Mutter, und warum eigentlich?

Mit welchem Satz hast du Mutter angesprochen, Vater?

Mozart?
Beethoven?
Bach?

Orgienerfahrung?

Wer war dein größter Feind,
Vater?

Gab es einen Moment,
in dem beinahe alles
zerbrochen wäre?

Was trinkt und wozu tanzt ihr,
bevor alles zu Ende geht?

Wo müsst ihr unbedingt noch hin?

Wo wärt ihr,
wenn ihr euch nie getroffen hättet?

Hand aufs Herz:
Bin ich wirklich nicht adoptiert?

Verlass den Raum, Mutter –
der gefährlichste Kuss,
den du je bekommen hast, Vater?

Wer war die erste Frau,
mit der du geschlafen hast?

Wie heißt Vaters schlimmster Dämon, Mutter?

Was war dein irrster Alptraum,
Vater?

Wer hat dich entjungfert, Mutter?

Wann ist die Jugend
definitiv vorbei?

Was habe ich euch beigebracht?

Von welcher Krankheit
habt ihr mir nie erzählt?

Was am anderen macht euch Angst?

Hast du mal abgetrieben, Mutter?

Habt ihr ein Gotteserlebnis,
von dem ihr erzählen könnt?

Wart ihr mal nah am Selbstmord?

Was ist Deutschland?

Habt ihr je ein gutes Argument
für Hitler gehabt?

Was fasst du gern an, Vater?

Was ist dein Lieblingstier, Mutter?

Wie kämpft ihr gegen die alles verschlingende Müdigkeit?

Was wollt ihr von mir wissen,
traut euch aber nicht zu fragen?

Wer seid ihr, wenn ihr im Bett seid?
Ihr selbst?
Method Actors?

Hat die Therapie was gebracht?

Was müsst ihr noch tun,
um erfüllt zu sterben?

Gibt es das,
einen glücklichen Tod?

Wie möchtet ihr beerdigt werden?

Wer soll kommen?
Wen soll der Blitz treffen?

Welches Bier war wichtig, Vater?
Und welche Zigarette?

Hattest du mal eine Pistole
in der Hand?

Welches Schmuckstück darf man
dir nicht nehmen, Mutter?

Welcher Schauspieler lässt dich von einem anderen Leben träumen?

Seid ihr manchmal eifersüchtig
auf die Freiheiten,
die ich hatte/habe?

Welchen meiner Freunde
mögt ihr gar nicht?

Wie sehr tat es weh,
als ich geboren wurde, Mutter?

Worin unterscheide ich mich
wirklich von meiner Schwester?

Wenn ihr euch zehn Minuten
allein und schweigend
im Spiegel anseht –
was geschieht dann mit euch?

Welcher Mann macht dir Angst, Vater?

Was ist euer wichtigstes Ritual?

Was macht euch trauriger:
eine Katze mit drei Pfoten oder
die zitternden Flanken eines
ängstlichen Hundes?

Worum beneidest du Hemingway, Vater?

Was an Blumen
macht dich glücklich, Mutter?

Welchen eurer Träume
hat der andere nie verstanden?

Deine erste komplett
besoffene Nacht, Vater?

Die Freundin,
die du bis heute vermisst,
Mutter?

Welcher Job hätte dich wirklich glücklich gemacht, Vater?

Drei Adjektive für Vater, Mutter!

Drei für Mutter, Vater!

Hast du mal gestohlen, Vater?

Wie oft denkst du an Großmutter,
Mutter?

Lieblingsthema zwischen euch,
bevor ihr einschlaft?

Arm in Arm?
Seite an Seite?
Alles Gute bis morgen früh?

Wann ist euch mal
nicht mehr eingefallen,
worüber ihr reden solltet?

Was war der größte Kompromiss,
den ihr schließen musstet?

Meine Frau ist
irre, crazy, völlig verrückt –
wie oft denkst du das,
Vater?

Mein Mann versteht nichts,
lässt sich gehen, weicht aus –
wie oft denkst du das,
Mutter?

Habt ihr mich mal gehasst?

Bin ich völlig anders geworden,
als ihr euch das vorgestellt habt?

Was am Verhältnis zu euren Eltern
ist bis heute ungeklärt?

Was von euch soll bitte in meinen
Kindern weiterleben?

Was ist das Grausamste
am Älterwerden?

Wie oft denkt ihr darüber nach,
wie's weitergeht,
wenn der andere stirbt;
und ist dieser Gedanke Verrat oder
Selbstschutzmaßnahme?

Ein Streit,
der beinahe alles vernichtet hätte?

Euer größter Moment der Angst
um mich?

Wann bist du mal so tief in dich hinab gestiegen, dass du dich vor dir selbst gefürchtet hast, Vater?

Sing das Lied deines Lebens,
Mutter!

Woran könnt ihr ohne Schmerz
nicht denken?

Was macht euch so glücklich,
dass ihr weinen könntet?

Habt ihr euch über die Jahre
sehr verändert oder seid ihr
im Grunde dieselben geblieben?

Das Mutigste,
was Vater je für dich getan hat,
Mutter?

Was schuldest du Frank Sinatra, Vater?

Welche Kunst würdest du gern
beherrschen, Mutter?

Was ist Mutters Sucht, Vater?

Was Vaters Schwäche, Mutter?

Wann hast du heimlich geweint,
Vater?

Welches Kunstwerk
würdet ihr gern besitzen?

Wie würdet ihr heute leben,
wenn sich jeder Traum erfüllt hätte?

Worauf seid ihr stolz?

Seit wann glaubt ihr
nicht mehr an Gott?

Was zeigt ihr niemandem,
nicht mal euch selbst?

Was verbindet euch außer mir?

Wer zum Teufel seid ihr eigentlich?

Und ich, wer bin ich?